KB147767

봄날의 라디오

황금알 시인선 152
봄날의 라디오

초판발행일 | 2017년 6월 30일

지은이 | 김승강
펴낸곳 | 도서출판 황금알
펴낸이 | 金永馥
선정위원 | 김영승 · 마종기 · 유안진 · 이수익
주간 | 김영탁
편집실장 | 조경숙
표지디자인 | 칼라박스
주소 | 03088 서울시 종로구 이화장2길 29-3, 104호(동숭동, 청기와빌라2차)
물류센타(직송 · 반품) | 100-272 서울시 중구 필동2가 124-6 1F
전화 | 02)2275-9171
팩스 | 02)2275-9172
이메일 | tibet21@hanmail.net
홈페이지 | http://goldegg21.com
출판등록 | 2003년 03월 26일(제300-2003-230호)

ⓒ2017 김승강 & Gold Egg Publishing Company Printed in Korea

값은 뒤표지에 있습니다.

ISBN 979-11-86547-68-7-03810

*이 책 내용의 전부 또는 일부를 재사용하려면 반드시 저작권자와 황금알 양측의
  서면 동의를 받아야 합니다.
*잘못된 책은 바꾸어 드립니다.
*저자와 협의하여 인지를 붙이지 않습니다.
*이 도서의 국립중앙도서관 출판예정도서목록(CIP)은 서지정보유통지원시스템
  홈페이지(http://seoji.nl.go.kr)와 국가자료공동목록시스템(http://www.nl.
  go.kr/kolisnet)에서 이용하실 수 있습니다.(CIP제어번호: CIP2017014298)

# 봄날의 라디오

김승강 시집

황금알

스무 살 무렵 나는 한 노인이 내 안으로 들어오는
것을 느꼈었다
그날 이후로 노인은 어쩌다 한 번씩 먼 모습으로
나타나곤 했는데
가까이 다가가면 얼른 뒤돌아서서 미로처럼 얽힌
골목길로 사라지고는 했다
노인은 때를 기다리고 있는 듯했다
나는 노인이 본래의 나라는 것을 진작에 알았다
나는 한 번도 나를 나로 살지 못했다
나는 빨리 늙고 싶었다
근래 나는 노인과의 만남이 멀지 않았음을 스스
로 깨닫는다
나는 기다리고 있다
내가 나로 돌아갈 수 있는 그날을

# 차 례

## 1부  나는 내가 우습다

## 2부  그때 나는 너의 다리를 건너가고 싶다

## 3부 화장실이 어딘지 물으셨나요

## 4부  어제를 소환하다

# 1부

나는 내가 우습다

# 혼자 걷고 있는 여자

우주의 중심이 기울어져 있다 옆으로 다가가 중심을
잡아주고 싶다

# 건널목

백주대낮이었다
저쪽이 이쪽을 향해 노려보고 있었다
이쪽도 저쪽을 향해 노려보았다
일촉즉발의 순간이었다
저쪽이 인원이 더 많은 것 같았다
옆 백화점에서 몸을 숨기고 있던 대원들이 급히 합류
하고 있었다
이쪽도 내 뒤로 늦게 도착한 대원들이 속속 합류했다
드디어 신호가 떨어진 모양이었다
앞쪽의 행동대원들이 움직이기 시작했다
나도 무리의 물결에 휩쓸려 흘러갔다
정확히 도로 중앙에서 저쪽 무리와 조우했다
우리는 서로 뒤엉켰다
어느 순간
이쪽은 저쪽으로 건너가 있고
저쪽은 이쪽으로 건너와 있었다
아무도 피를 흘리지 않았다
처음부터 싸움을 원하지 않았다는 듯
적을 지나친 우리는 뒤도 돌아보지 않고 가던 길을 갔다

잠시 뒤 자동차의 물결이 우리를 완전히 갈라놓았다
자동차의 물결은 마주 보고 대치하는 일도
섞이는 일도 없었다
신호가 바뀌고
다시 저쪽에서 대원들이 모이기 시작했다
이쪽도 마찬가지였다
일촉즉발의 분위기는 규칙적으로 찾아왔지만
아무 일도 일어나지 않았다
심판이 있는 전쟁이었다
피를 흘리지 않기 위한 전쟁이었다
적은 딴 데 있었다
적은 한 발 늦거나 한 발 빠르게
우리의 옆구리를 치고 들어왔다
적은 우리가 상대방을 향해 돌진할 때 좌우에서 지켜
보던 자동차들이었다
우리 중에 누가 규칙을 어기고
한 발 늦게 오는 순간
적 중에 누가 한 발 일찍 오는 순간
피를 보았다

공정한 룰의 전쟁이었다
서로를 피하기 위한 전쟁이었다

# 예쁘요의 감옥

꽃 한 송이가 지나갔다
어디선가 홀연히 나타나 내 앞을 지나가는
꽃 한 송이를 다시는 만날 수 없을 것 같아
나는 예쁘요라는 말을 슬쩍 들려주고
꽃 한 송이의 그림자를 내 안에 가두고 싶었지만
꽃 한 송이는 어느새 사라지고 없었다

다시 생각해보면
꽃 한 송이는 예쁘요라는 말을 그동안 얼마나 많이 들
었을까
예쁘요라는 말이 과연 꽃 한 송이에게 무슨 감흥을 불
러일으킬까

아무도 예쁘요라는 말로 한 송이 꽃을 감옥에 가둘 수
는 없을 터

봄날 아침이었고
나는 자전거를 타고 가고 있었다

예쁘요라는 말로 부족했던 꽃 한 송이
아름다운 꽃은 많지만
아름답고 정갈한 꽃은 드물지 않던가

꽃 한 송이가 그랬다
모든 꽃송이를 꺾을 수는 없으므로
나는 예쁘요라는 말 대신
꽃 한 송이가 사라진 쪽을 향해
고마워요라고 말해주련다

봄날 아침
나를 스쳐 지나간
고마운 꽃 한 송이

# 적산가옥에서 보낸 한 철

너를 처음 안은 다음 날
한 군인이 너를 찾아왔다며 문밖에 서 있었다
너는 어제 결혼했다며 군인을 잘 타일러 돌려보내는
듯했다
나는 군인이 다시 오지 않을까 밤새 걱정이 되었다

관공서였던 적산가옥 한쪽에
오래된 중국집이 있었다
점심시간이 지나면 때에 절은 런닝만 입은 화교 주방
장이
뒷문으로 나와 화장실을 서둘러 갔다
화교 주방장이 정말 중국말을 하는지 확인하고 싶었지만
서툰 한국말을 듣는 것만으로도 자장면은 더 맛있었다

같은 건물의 이 층에 석간신문지국이 있었다
학교를 마치고 신문사지국에서 신문을 한 아름 받아
안고 달려나갔던 나는
성공신화를 쓰지 못했다

신문배달을 했다고 해서 오래 달릴 수 있는 것은 아니
었다

제일 첫 집이 길 건너 다방이었는데
다방 여주인의 큰딸과 여고를 함께 다녔다고
네가 뒤에 말해주었다
나는 검정 비단의 한복을 입고
카운터에 앉아 신문을 건네받던 다방 여주인이
아름답고 신비로웠다고 너에게 말했다

기억이 서로 일치하지 않는 부분이 있었지만
우리는 그제 결혼했고 군인은 다시 오지 않았다

# 누워있는 기타

나는 지금 알몸으로 누워있다
방금 거친 바람의 손길이 지나갔다
나는 몸을 떨며 울었다
아득히 내 소리의 여운이 멀어져가고 있다
나는 귀를 열고 내 소리의 여운을 쫓아갔다
시냇물 흐르는 소린가
숲 속인 것만 같다 새소리도 함께 들린다
나는 능욕을 당했던 것일까
아니다
그렇다 해도 상관없다
이 평화는 어디에서 비롯되었단 말인가
젊은 날의 기억들이 주마등처럼 스쳐 간다
바닷가였다
여름이었다 모래사장이었다 밤이었다
나는 매일 밤 격렬히 노래했고 새벽마다 혼절했다
나는 긴 겨울을 예감하고 있었다
그런데 이 밤 내 몸을 방문했던 자는 누군가
다시 돌아갈 수 없는 날들을 상기시킨 자는 누구였단
말인가

양치기는 겨울을 나기 위해 산을 내려간 지 오래다

나는 아무한테나 안겨 울지는 않았다

누구나 나를 안을 수는 있었지만 누구나 나의 몸을 떨게 할 수는 없었다

내 몸을 가장 잘 연주했던 사내는 양치기*였다

양치기는 밤이면 돌아왔다

양치기가 산움막의 거적문을 열어젖히면

어둠의 내장이 쏟아져 별빛에 반짝였다

나는 양치기의 품에 안겨 내 몸의 내장을 쏟아내고 텅 빌 수 있었다

마지막 피 한 방울이 내 몸을 돌며 아득히 멀어져간 내 소리를 일깨우고 있다

느슨해진 현을 당겨보려 하지만

몸이 예전처럼 마음대로 움직이지 않는다

나는 양치기가 내 몸을 농락할 때 미세한 떨림까지도

자궁으로 받아내 수많은 소리의 자식들을 낳았다

나의 자식들은 세상을 맴돌고 있으리라

내 텅 빈 자궁으로 나를 떠난 자식들의 공명이 전해져온다

불현듯 엄습해오는 이 슬픔은 무엇이란 말인가
피곤이 함께 밀려온다
다행히 피곤에는 여전히 달콤함이 묻어있다
나는 죽지 않았다
죽어가는 자세로 누워있을 뿐이다
누가 나를 퉁 하고 건드리기만 해도
나는 아직 나를 증명할 수 있다


* Koyunbaba: 양치기란 뜻의 클래식 기타곡

# 남자라는 병

너는 여자의 다리만 쳐다본다
차를 타고 가면서도 여자의 다리만 쳐다본다
안 쳐다보는 척
스스로를 속이면서까지
여자의 다리만 쳐다본다

신호등이 빨간색으로 바뀐 줄도 모르고
스마트폰에 고개를 박고
여자가 건널목을 건너고 있을 때

너는 여자의 다리만 쳐다본다

# 개버릇

개가 내 입만 쳐다본다
남 먹는 걸 쳐다보는 게 싫어
나는 일부러 개에게 눈길을 주지 않는다
그래도 개는 한 입만 달라고 내 입만 쳐다본다
나는 개가 밉기도 하고 금방 또 개의 운명이 불쌍하기
도 해서
슬쩍 한번 쳐다봐 준다
개는 기다렸다는 듯
나와 눈을 맞추고 귀를 쫑긋 세우며 꼬리를 흔든다
나는 개를 실망시키기 위해 얼른 눈길을 거두고
아무 일도 없었다는 듯 먹던 걸 또 먹는다
왼쪽에서 나를 올려다보던 개는 작전을 바꾸어
이제는 오른쪽으로 돌아와 나를 올려다본다
전에 먹을 것을 나누어준 적이 있는데
개는 그걸 기억하고 있다
계속 쳐다보면 먹을 것이 나온다고 믿는다
나는 개의 눈길을 피해 다니는 내가 우습다
나는 개의 생각을 고쳐놓겠다며 냉정해지기로 했다
실망하는 개를 보고 싶다

개에게 헛수고라는 개념을 인식시키고 싶다

개밥을 챙겨야 할 개의 주인은 따로 있다

나는 개를 좋아하지 않는데

개를 좋아하는 개 주인을 만나게 되어

어쩔 수 없이 개와 생활하고 있다

처음에는 개와 정을 붙여 좋아해 보려고 했다

개가 주인과 나를 차별하고 있다는 개의 마음을 알게
된 뒤

개에게 더는 정이 가지 않았다

개 주인은 개를 변호한답시고 그게 개의 본능이라 했다

나는 개의 본능을 이해하지 못 하는 나를 이해하기로
했다

아는지 모르는지 개는 그래도 내가 식탁에 앉으면 바
로 뒤따라와

내 옆자리에서 목이 빠져라 내 입만 올려다본다

개든 사람이든 남 먹는 걸 뚫어져라 쳐다보는 걸 좋아
할 사람은 없다

개든 사람이든 남 앞에서 꼬리를 살살 흔들며 비위를
맞추어 뭔가 얻어내려 드는 것은

그런 걸 싫어하는 사람에게는 오히려 역효과다

# 꽃이 질 때

꽃은 식물의 똥이다

피똥을 싸놓고
스스로 놀라
애써 외면하는
저 동백을 보아라
(미혼모 같은)

속절없이
실수를 한 뒤
크리넥스 티슈로 뒤 닦고 선
저 목련을 보아라
(새신부 같은)

비가 내리기에 앞서
꽃잎을 내미는
수세식의
저 벚꽃을 보아라
(일본놈 같은)

꽃잎에 코를 갖다 대지 마라
(혀를 갖다 대어라)

# 적산가옥에서 보낸 한 철 2

구불구불한 골목이 아니라
양쪽 입구가 마주 보이는
직선의 골목이었다

두 사람이 지나가려면 옷깃을 스쳐야 했다

네가 맞은편에서 골목 입구로 들어서던 날
나는 네가 골목을 나올 때까지 기다렸다

네가 내게로 왔다

중앙의 로터리를 중심으로 대로가 방사형으로 뻗어나
가고
대로와 대로 사이에는 주택들이
칼로 두부를 자른 듯 정렬해 있었다

칼이 주택 사이를 세로로 지나간 자리가 골목이었다

골목을 지나면 대로와 대로를 가로로 잇는 중간도로가

나오고
　중간도로를 건너면 다시 골목이었다

　골목 끝에서 한 군인이 부동자세로 서 있었다

　지붕이 잇닿아 있어
　한낮에도 골목은 터널처럼 어두웠다
　군인은 얼굴은 보이지 않고
　뒤쪽 중간도로에 떨어져 타고 있는 햇빛을 배경으로
　실루엣만 선명했다

　네가 이 행성의 바깥에서 나를 기다리고 있는 동안
　한 군인이 아직도 골목 입구에 서 있다

# 봄밤

시를 한 편 써서
자랑스럽게 너에게 내밀었다

너는 내 시를 읽고 아무 말이 없었다

우연히
네가 쓴 글을 읽고
너에게 시를 내밀었던 게 부끄러웠다

봄밤이었다

시는 부끄러운 운명을 타고났나 보다

이 밤 아무에게도 보여주지 않을 시를 위해
혼자 술잔을 들자

# 저 사내

도대체 저 사내는 누구란 말인가
왜 한 번도 이쪽으로 눈길을 주지 않는단 말인가
목에 깁스를 한 저 사내

매일 오전 열 시 한적한 주택가 골목길을 걸어
쓰윽 내 앞을 지나가는
이마에 무소의 뿔이 난

그는 어디서 와서 어디로 가는가

덩치가 나만 한 사내

나에게 눈길을 주면 지는 것으로 생각하고 있을지도
모를
저 사내

오후면 반대방향에서 와서 나를 또 지나가는 사내

하루 두 번 나를 밟고 가는 저 사내

# 애연가

아래는 복사집
위는 피시방
아래에 내가 있고
위에 그가 있다

반지하 깊숙한 곳에 앉아 있는 나를
그도 보고 있는지는 모르겠지만
그가 한 시간마다 피시방에서 나와
난간에 기대서서 담배를 피우는 것을
맞은편 커피점 창을 통해
나는 훔쳐보고 있다

그가 사랑하는 것이 연기만은 아닐 것이다
딸깍 탁 하고 지포라이터 뚜껑이 여닫히는 소리가 나
도 좋아졌다

불에라도 키스를 할 듯

제임스 딘처럼 양손을 모으고

고개를 한쪽으로 15도쯤 기울여
담배에 불을 붙이는 그를 보면
나도 한 번쯤 연기를 사랑해보고 싶다
고 생각하다

그가 지포라이터를 호주머니에 넣는 동작과 동시에
턱을 지켜 들어 입으로 길게 담배 연기를 뱉어내는 순간
그런 생각은 공중으로 흩어져버린다

치명적인 사랑이 그렇듯

담배 연기를 빨아들이기 직전의 그의 표정과
담배 연기를 뱉어낸 직후의 그의 표정 사이가
너무 멀다

# 엄마야 누나야

며칠 날씨가 풀렸다 했더니
외삼촌께서 잠시 기운을 차리셨는지 전화를 하셔서는
아무 말도 않으시고 전화기 너머에서 한참 울음만 삼
키고 계셨다

엄마처럼 생각하고 살았는데 누님까지 앓아누우시면
어찌 합니까

처음 입원했다는 소식을 듣고 어머니를 모시고 병문안
을 갔더니
두 분이 와락 얼싸안고는 한없이 우셨다
우리는 두 분이 이승에서의 마지막 만남이라 생각하고
실컷 우시게 옆에 서서 지켜만 보았다

자식들은 마음의 준비를 하고 있다
두 분 중에 어느 분이 먼저 돌아가신다 해도 이상할 게
없다

부모님을 일찍 여의시고

육남매가 뿔뿔이 흩어져 각자의 가정을 일구고 살다
세 분은 먼저 돌아가시고
세 분만 남으셨다

그 강변에 해가 저물고 있다

# 3월

페달을 밟지 않았는데도 자전거가 저절로 달린다
언젠가는 이런 날이 올 줄 알았다
페달을 밟지 않아도 자전거가 나를 어딘가로
데려다줄 날을 꿈꾸며 페달을 밟아왔다
언덕이 나타났다
지난날 언덕을 오르던 기억을 떠올리며
설마 자전거가 언덕까지 저절로 달릴 수 있을까 의심
했다
그런데 자전거는 개의치 않고
언덕을 스르르 미끄러져 올라갔다
자전거를 의심한 나는 부끄러웠다
정말 자전거는 나를 어디로 태우고 가려는가
언덕 너머 내리막길 끝에서 나를 길가로 내동댕이쳐버
리려는 건 아닐까
자전거가 언덕을 넘어 내리막길을 내려갔다
언덕을 오를 때의 속도와 같은 속도다
바람이 불어왔다
내리막길은 마침맞게 남향이다
햇볕이 따스하다

내리막길은 어디까지 이어질까
계속 달리면 먼 남국까지 가겠다
한참 내려가자 멀리 금빛으로 빛나는 수평선이 눈에
들어왔다
아 바다로 나를 데려왔구나
내리막길을 다 내려와
자전거는 이제 해안선을 타고 달리기 시작했다
해안가 언덕에는 바닷바람을 맞으며
노란 수선화가 피었다
매화가 담장 밖으로 꽃핀 가지를 뻗었다
음지에는 동백이 터널을 이루고 붉은 꽃잎을 떨구었다
나는 남도의 작은 섬에 와 있었다
나는 다시 페달을 밟고 싶어졌다
자전거는 그제야 나에게 몸을 맡겼다

# 커피포트

한 번도 투정을 부린 적이 없다
커피포트는
그렇게 때렸는데도
때린 뒤에는 커피포트가 가엾다
나는 커피포트를 아끼는 것 같다
때린 뒤에
이런 건달이 있나 사랑한다며 때리는 건 뭔가
사랑한다면서 때리고 사랑한다면서 때리고
아침이면 애인은 온몸에 멍투성이었다

뚜껑이 말썽이었다
뚜껑을 왜 그렇게 만들었는지
불량품인지 잘 닫히지 않았다
그래도 튼튼했다
그래서 때리고

그래서 나는 커피 뚜껑을 내려쳤고
그때야 닫혔다
아침에 출근해 커피 한 잔 마시겠다고

커피포트 뚜껑을 내려치고
그때야 뚜껑이 닫히고
점심 먹고 또 커피 한 잔 먹겠다고
물을 붓고 뚜껑을 닫고 닫히지 않고
뚜껑을 내리치고 그때야 닫히고 물이 끓고

나는 최소한 하루 두 번 커피를 마신다

하루 두 번에서 하루 한 번으로 줄일 계획인데
계획은 계획이고
커피포트는 내게서 하루 두 번 얻어맞는다

그렇지만 때리면서 정이 들었는지
주방기구들 중 커피포트가 제일 불쌍하다
애인이 불쌍하다
사랑한다면서 때렸으니

커피포트를 새로 사야 할 날이 온다면
커피포트가 제 수명을 다해서라기보다

나에게 얻어맞아서 일 텐데
자전거와 평생을 같이 할 수 있다고 믿고 있듯이
커피포트와도 평생을 같이할 수 있겠지만
그게 그렇게 되지 않으면 내 주먹 때문일 텐데
내 주먹은 또 무슨 죄란 말인가
그래도 내 주먹은 나와 평생을 하리라는 믿음은
광신인가

벽에 주먹을 날리던 날들

커피포트가 언제까지 내 주먹을 견딜까
커피는 몸에 좋을까 나쁠까

# 2부

그때 나는 너의 다리를 건너가고 싶다

# 너의 다리

만일 내가 다시 태어난다면
너처럼 멋진 다리를 갖고 태어나고 싶다
너의 다리가 저기 가고 있다
너는 어디 있니?
네 다리 위에 얹혀 가는 너
나는 네 다리만 보고 있다
다시 태어나면 갖고 싶은 네 다리
다시 태어나서 가장 자랑하고 싶은 게 뭐냐고 묻는다면
네 다리를 갖고 다시 태어난 내 다리라고 말하고 싶은
것이다
네가 너의 다리를 의식하지 못하고 걷고 있을 때
너의 다리는 가장 아름다운데
그때 나는 네 다리를 갖고 싶은 것이다
네 다리와 네가 따로 이동할 때
그때 나는 네 다리로 건너가고 싶은 것이다
네 다리가 너를 옮겨주기만 하고
네가 네 다리에게 명령하지 않을 때
그때 나는 다시 태어나고 싶은 것이다

# 자전거 도둑
— 눈의 창고

그가 내 앞을 지나가면서
눈으로 내 자전거를 훔쳐갔다
도둑은 도둑을 알아보는 법이다
나는 첫눈에 그가 자전거 도둑인 걸 알아봤다
나는 그동안 많은 자전거를 훔쳤다
내가 훔친 자전거들은
내 눈의 창고에 쌓여있다
그가 내 자전거를 훔쳐갔지만
내가 훔친 자전거의 주인들이 나에게 그랬듯이
나는 그를 용서할 수밖에 없다
내 눈의 창고에 있는 자전거는
모두 훔친 자전거들이지만
자전거의 주인들은 한 번도
자전거를 도둑맞은 적이 없다

# 천 년의 나무

나는 나무다
참으로 긴 세월이었다
내가 생각해도 그렇다
혹자는 묻는다
그 긴 세월을 어떻게 한 자리에서 꼼짝도 않고 서 있을
수 있었느냐고
그렇다 나는 태어난 자리에서 살다 태어난 자리에서
서서 죽을 것이다
운명이다
그러나 생각만큼 외롭거나 하지는 않다
내가 당신에게 갈 수는 없었지만
당신이 나에게 오지 않았던가
당신이 내 그늘 아래서 쉬어간 날을 기억한다
먼 옛날 당신의 조상은 내가 서 있는 곳으로 와 터전을
잡았다
나는 당신 마을의 누대의 영화와 누대의 아픔을 지켜
보았다
당신 마을의 집집이 내력을 줄줄이 꿰고 있다
내 머릿속에는 천 년의 이야기가 있다

사람들은 나를 지나 마을을 떠났고

　나를 지나 마을로 들어왔다

　나는 그들의 얼굴을 하나하나 똑똑히 기억하고 있다

　나를 스쳐 간 수많은 얼굴들은 천 년 동안 봄날이면 내 몸에서 새잎으로 돋아났다

　그것은 내가 그들을 잊지 않고 있다는 것을 의미한다

　그들은 나를 통해 부활했고 영원히 살았다

　내가 기억하는 얼굴들이 한꺼번에 다 잎으로 돋아날 수는 없다

　왜냐하면 내가 기억하는 얼굴들은 내 몸에서 돋아나는 잎보다 훨씬 많기 때문이다

　내가 말할 수 있는 것은

　그들은 그들 나름의 규칙을 가지고 돌아가면서 얼굴을 내민다는 것이다

　저 잊혀진 왕조 궁궐 뜰의 고목들도 궁궐이 지어질 때는 지금처럼 그늘의 품이 넓지는 않았을 것이다

　갓 축성된 궁궐의 나무들은 지금의 신도시 공원의 막 심은 나무들처럼 그늘이 성기고 변변치 않았을 것이다

　그러나 긴 세월 동안 그 나무 그늘에 쉬어간 얼굴들의

수로 나무는 저렇게 무성하다

　궁궐의 뜰을 감싸고 있는 저 고목들을 보아라

　고목이 드리운 그늘 속으로 들락거리며 쉬고 있는 사람들을 보아라

　고목이 그들의 얼굴을 일일이 보고 있다는 것을 누가 알겠느냐

　고목에 돋아난 잎들이 고목의 그늘에 들어와 쉬어간 사람들의 얼굴이라는 것을 누가 알겠느냐

　그렇다 나는 내가 그들에게 갈 수 없었으므로 그들을 나에게 오도록 했다

　그것은 내 힘이 아니라 그들의 힘이었다

　그들이 내게 옴으로써 또 다른 그들이 올 수 있었다

　그게 그늘의 원리였고 그늘의 힘이었다

　나는 그동안 나에게 왔다 간 수많은 사람들의 얼굴을 빠짐없이 기억하고 있다

　내가 그들에게 갈 수 없었기에 나를 찾아왔던 그들을 잊지 않는 것은 당연한 일이었다

　한 자리에 서서 내가 할 수 있는 일이란

　나를 찾아왔던 이들을 기억하고 그들을 잊지 않기 위해

해가 뜨고 지고 또 뜨는 일처럼

계절이 바뀌고 순환하는 것처럼

그들의 얼굴을 반복해서 떠올리고 되새기는 것뿐이었다

기다리는 만큼 많은 사람들이 나에게 왔고

기억하는 만큼 많은 잎들이 내 몸에서 돋아났다

그렇게 천 년의 시간이 흘러갔다

# 간판이 너무 많은 우리 동네

나도 간판을 내걸고 있지만 우리 동네에는 간판이 너
무 많네요
최근에 부쩍 더 는 거 같아요
형형색색의 간판들 때문에 어지러울 지경입니다
저마다 지나가는 사람의 눈길을 끌려고 안간힘을 쓰고
있습니다
틈새가 없어요
조그만 틈만 보여도 바로 새 간판이 비집고 들어오네요
보디빌딩 대회가 그렇더군요
자신의 근육을 어필하기 위해 웃으면서도 서로 밀치고
그러더라고요
정말 저렇게 해야 하나 싶어 쓴웃음이 났습니다
딱 그 짝입니다
그래요 내가 그들 앞을 지나갑니다
그들이 나를 필요로 할 때가 있듯
나도 그들 중 누군가가 필요할 날이 있는 거죠
그런데 그들은 내가 무엇이 필요한지 모르는 거죠
모두 앞다투어 나에게 어필을 합니다
나는 그들 중 하나를 선택하겠죠

그런데 좀 미안하다 이겁니다

왜 그런 거 있잖아요

지나치게 호객행위를 하면

올 손님도 가버리는 거요

그런데 그런데도

열 번에 한번은 백번에 한번은 찾는 사람이 있는 거죠

그러니 저렇게 유지되는 거 아니겠어요

간판을 내리는 집도 있습디다

커피가 유행한다 하더니

내 간판 앞에 커피점 간판이 동시에 세 곳에서 내걸리
더군요

아니나 다를까 얼마 못 가 두 집이 간판을 내렸습니다

참 어렵습니다

간판을 내린 그 둘은 지금쯤 어디서 무엇을 하고 살까요

인테리어며 뭐며 해서 잔뜩 돈을 쏟아붓고는 본전도
못 찾고 떠났으니

그들이 어리석었던 것일까요

나는 그렇게 생각하지 않습니다

오죽 급했으면 앞뒤 재지 않고 간판을 내걸었을까요

어쩌다 잘 되는 수도 있지 않겠습니까
운이라는 게 있으니까
요행을 바랐다고 해서 나무랄 일은 아니라고 봅니다
한번은 길을 가는데
사람들이 어느 간판 앞에 길게 줄을 서 있더라고요
그렇습니다
하루 종일 파리를 날리는 집이 있는가 하면
줄을 서서 기다리는 집도 있습니다
주인도 그렇고 종업원도 절로 신이나 분주히 움직이더
군요
　그 주인은 그 전에 몇 번이나 간판을 올렸다 내렸을까요
　간판을 올리자마자 손님이 줄을 서는 경우는 드물지
않겠어요
　속으로 그 주인에게 행운을 빌어주었습니다
　전쟁이 나면 관을 만드는 장의사가 신이 난다더니
　어쨌든 간판업자가 신이 나게 생겼어요
　간판으로 한글을 깨치는 애들도 있는 세상입니다
　어디 한글 뿐이겠냐고요

# 쓸쓸한 예의

혼자 저녁을 먹고서 기타를 뜯다
내게로 오다 뒤돌아서 가는 그의 뒷모습을 창 너머로
우연히 보고 말았다
그는 무엇 때문에 왔으며 왜 들어오다 말고 발길을 돌
렸을까
순간 나는 다시는 그의 얼굴을 볼 수 없을 것이라는 것
을 예감했다
뒤늦게 그를 발견한 나는 기타를 내려놓고
눈으로 그의 뒷모습을 오래 따라갔다
그것은 뒤돌아서 가는 사람에 대한 최소한의 예의였다

# 저기 나의 주검

틸다 누가 죽었다고요 아 그분 결국 돌아가셨군요 많
이 아프다더니 좋은 분들 다 돌아가시는군요 천국으로
가셨겠죠 그분 최근에 마음고생을 많이 하셨다고 하더
군요 젊을 때는 잘 나갔다던데 말년이 좋지 않았네요 그
때 큰마음의 병을 얻었던 것 같아요 그래도 이야기를 들
어보니 마무리를 잘하고 돌아가셨더군요 그렇지 못한
사람도 많잖아요 우리도 그렇게 할 수 있어야 할 텐데
앓아눕지 않고 저세상으로 갈 수는 없을까요 모든 사람
들이 원하는 게 그거잖아요 며칠 앓다 잠든 듯이 죽는
거 나는 죽음보다 주검이 더 걱정돼요 어느 철학자는 죽
음이 멀지 않았다는 걸 직감하고 현해탄에 몸을 던졌대
요 자신의 죽음을 자신이 결정하고 싶었던 것이겠죠 철
학자답게 말입니다 자신의 주검을 자연이 수습하게 한
거죠 평범한 우리야 그렇게까지 할 수 있겠어요 어쨌든
안 아프고 죽고 싶다는 생각은 누구나 염원하는 것이겠
죠 어머니께서도 늘 그렇게 말씀하셨어요 자식들 애 안
먹이고 잠든 듯이 가고 싶다고 난 밝은 모습으로 죽음을
맞이하고 싶다는 생각을 해왔어요 병이 깊어 육신이 허
물어져 가는 순간에도 표정만은 밝게 하고 싶어요 주위

사람이 신경 쓰지 않도록 말이죠 그렇게 할 수 있을까요 어렵겠죠 누군들 그러고 싶지 않겠어요 우리도 언젠가 세상과 이별해야 할 날이 오겠죠 아 죽음 죽음을 생각하니 점점 기분이 우울해지는군요 오늘을 이만해야겠어요 싫든 좋든 내일도 또 누군가가 죽었다는 소식이 들려올 것이고 그때 또 죽음에 대해 생각하겠죠 오늘은 이만해요

# 거울이 보고 있다

거울이 보고 있다;
이 말은 거울에 등을 내어준 네가 한 말
나는 침대에 앉고 너는 서서
아침 여덟 시 반
밖에서는 자동차들이 분주히 달리고
우리 지금 뭐 하고 있지
내가 뒤로 쓰러지며 침대에 눕자
기다렸다는 듯 너는 내 아랫도리로 달려든다
거울이 보고 있을까
문밖에서 개가 한 마리 보초병처럼 지키고 있을지도
몰라
그렇지만 서두르지 말자
너는 행동과 말이 느린
먼 지방에서 온 여자
밖에 눈이 오고 있을 거야
여기로 올 때 눈이 쏟아지기 직전이었거든
눈 내리는 아침이면 더없이 좋지
눈 내리는 저녁은 너무 무거워
이 모든 게 꿈일지도 몰라

아침에 꾸는 꿈
등 뒤 거울이 우리의 모든 꿈을 실시간으로 보여주고
두렵다고?
어두웠더라면 두려울 게 없었겠지
거울은 눈먼 맹인처럼
어둠 속에 어두커니 서 있었을 테니
우리 사랑은 어둠 속에
너무 오래 서 있었던 거야
거울이 지켜봐 줬으면 좋겠어
일이 끝날 때까지
좀 늦으면 어때
서두르지 말자
너는 행동과 말이 느린
먼 지방에서 온 여자

# 일요일 오후의 보람


종일 자전거와 기타와 놀았다
애인은 태업 중이다
기타는 계집아이
자전거는 사내아이;
그랬던 것이
자전거가 여인으로 보였다
여인의 몸에 시선을 빼앗기듯
자전거의 지오메트리를 감상했다
기타는 한쪽 구석에서 임신한
낙타인 척했다
애인의 부재를
두 여인이 채워주었다
오후에는 기진맥진했다
피곤했지만 노곤했다
언제나 그렇듯
내게 줄 선물이 필요했다
산을 내려오는 저 수많은 다홍多紅들이
새에게 선물*을 하듯
나는 어둠이 내미는

나의 눈물을 받을 자격이 있었다

* 은희경의 '새의 선물'에서 빌림

# 일곱 마리의 코끼리

일곱 마리의 코끼리가 걸어가고 있다
그들의 엉덩이로 봐서 긴 여행이 될 것 같다
나는 엉덩이로 점을 치는 버릇이 있다
작가는 왜 귀도 아니고 코도 아니고
엉덩이만 보이는 일곱 마리의 코끼리를 그린 걸까
그가 일곱 마리의 코끼리를 돌돌 말아 가져왔다
나는 돌돌 말린 일곱 마리의 코끼리를 풀어 벽에 붙였다
비로소 일곱 마리의 코끼리가 긴 여행을 떠났다
코끼리 엉덩이는 원숭이의 엉덩이에 비해 쓸모가 없다
원숭이의 엉덩이로는 긴 여행을 할 수 없다
일곱 마리의 코끼리는 걸어가면서
스물여덟 개의 발자국을 남겼다
발자국은 크고 깊었다
스물여덟 개의 발자국이 천천히 그림 밖으로 걸어가고
있다
　일곱 마리의 코끼리 엉덩이와
　일곱 마리의 코끼리 다리;
　정글에서 자신의 다리만 한 통나무를 코끼리가
　조련사의 명령에 따라 끌고 갔다

일곱 개의 통나무가 코끼리의 다리에 묶여 산 아래로
끌려가고 있었다
통나무가 미끄러지면서 코끼리 다리를 향해 돌진했다
코끼리는 자신의 다리에 쇠사슬로 묶은 통나무를 간신
히 피했다
미끄러져 내리는 통나무를 피하면서 코끼리는 울부짖
었다
나는 코끼리의 눈가에 번지는 눈물을 보았다
코끼리 엉덩이는 원숭이 엉덩이에 비해 쓸모가 없다
원숭이의 엉덩이로는 긴 여행을 할 수 없다
그들은 한없이 느리게 그림 밖으로 걸어가고 있지만
그림 밖으로 한 번도 나가 본 적이 없다
그들의 다리보다
그들의 엉덩이로 봐서 긴 여행이 될 것 같다
나는 엉덩이로 점을 치는 버릇이 있다

# 광장을 지나

언덕을 올라왔더니 땀이 나려고 합니다 땀이 나기 전
에 자전거에서 내렸습니다 저기 벤치가 보이네요 소나무
밑 벤치에 앉았습니다 버스가 사람들을 짐짝처럼 싣고
갑니다 동쪽으로 가고 있습니다 아침에 동쪽에서 출발했
을 겁니다 서쪽으로 가는 버스도 보입니다 서쪽에서 출
발했겠죠 뒤쪽 창에 751이란 번호가 빨갛게 밝혀져 있습
니다 서쪽으로 가는 버스는 221번이군요 땀은 지난가을
까지 많이 흘렸습니다 땀이 많아서요 샤워하기가 귀찮습
니다 다시 자전거 페달을 밟습니다 밤공기가 차지만 상
쾌합니다 상가를 지나가고 있었습니다 여자가 남자에게
맛있는 거 하고 말했습니다 연인이 지나가자 건널목이
나왔습니다 버스가 경적을 울립니다 무슨 오해가 있었던
걸까요 넓은 광장에 나왔군요 광장에 오려고 했던 게 아
닙니다 광장이 나온 겁니다 광장은 섬처럼 고립되어 있
습니다 광장을 중심으로 원을 그리며 도는 자동차의 물
결이 고립시켰죠 경찰들이 자동차의 물결을 잠시 막아섰
습니다 사람들이 광장으로 건너갔습니다 나는 자전거에
서 내려 광장으로 건너갑니다 광장에 많은 사람들이 모
여있군요 모두 손에 촛불을 하나씩 들고 앉아 있습니다

내 몸은 그들의 구호에 공명합니다 그들과 섞이지는 못
합니다 자전거 때문이기도 하고요 굉장히 고가거든요 광
장은 잔디밭입니다 겨울이라 노란 융단을 깔아놓은 듯합
니다 그 많던 비둘기는 다 어디로 갔을까요 비둘기는 처
음부터 없었을 겁니다 광장이라기보다 섬이니까요 모이
를 누가 줄 수 있었겠어요 비둘기 모이는 한 사람이 주는
게 아니잖아요 많은 사람들이 주는 모이가 광장의 비둘
기를 키우는 법입니다 광장 중앙의 전구로 밝힌 거대한
크리스마스트리를 지나 광장을 나왔습니다 나는 지금 동
쪽을 향해 자전거 페달을 밟고 있습니다 아침에 동쪽에
서 출발했으니까요 땀이 나지 않을 만큼 속도를 높였다
늦췄다 하면서 자전거를 달립니다

# 조감도

사자가 짖었다
까마귀가 외쳤다
나는 종종 사자의 눈으로 나를 본다
내가 아무 일이 없어 빈둥거릴 때
너도 빈둥거릴 거라고 믿는다
나는 네가 하늘에서 나를 내려다보고 있다면
지금의 나를 어떻게 생각할까
생각해본다
그래서 사자가 두렵다
죽지 않는 사자가 가엽다
이미 죽은 사자가 부럽다
사자가 짖을 때는 때려주고 싶다
까마귀가 외칠 때는 침이라도 뱉어주고 싶다
나는 너의 눈으로 나를 내려다본다
그래서 네가 무섭다
내가 나의 눈으로 나를 내려다볼 수 있을 때를 위해
한때 사랑했던 너를 대신해
사자에게 사랑을 고백하련다
사실은 힘들다고

사랑은 힘들다고
아무 일이 없어 빈둥거리는 너를 믿을 수 없다고
내가 아무 일이 없어 빈둥거릴 때
세상 모든 사람들이 빈둥거릴 거라고 믿어버린다
사자에 대한 믿음을 버렸듯이
이 추운 밤
까마귀는 검은 새라고 쓴다

# 외출

새처럼 사는 게 좋아
아파트 맨 꼭대기 층에 사내는 깃들어 산다
사내가 창밖을 보고 서 있다
사내는 나다
내가 방금 밖에서 돌아와 사내를 입은 것이다
사내의 머리가 낮은 천정에 닿을 듯하다
나는 나를 사내에게 내어주고
사내 뒤쪽으로 물러나 있다
나를 걸쳐 입은 사내의 등은 모처럼 생기가 돈다
사내 등은 베란다 창 가득 들어와 있는 앞산처럼
절벽이다
나는 뒤에서 내 자신에게 새삼 위압감을 느낀다
나는 곧 방안 가득 드리운 사내의 그림자가
죽음의 무게라는 사실을 깨닫는다
죽음의 무게는 외로움의 무게다
외로움의 무게는 나나 사내가 부정하는 무게이기도 하다
나는 사내의 앞모습을 볼 수 없다
사내는 앞모습을 보여준 적이 한 번도 없다
사내는 늘 창밖에 절벽으로 서 있는 앞산만 바라보고

있다
　　내 앞에서는 앉는 법도 없다
　　종종 몸을 움직여 거실 안을 서성거리기도 하지만
　　뒤를 돌아보는 일은 없다
　　내가 서 있는 사내의 뒤쪽은 냉장고가 한 대 놓여 있고
　　냉장고 앞에 식탁이 있다 식탁 건너편에 싱크대가 있고
　　싱크대 위에 가스레인지가 있다
　　내가 사내를 벗어놓고 외출을 하면
　　사내는 그때야 돌아서서 냉장고문을 열고
　　먹을거리를 만들어 배를 채우는 모양이었다
　　짐작건대 사내는 베테랑 요리사다
　　내가 밖에 나가 있는 낮 동안 사내는 혼자 무얼 할까
　　사내가 가장 좋아하는 것은 창밖을 하염없이 바라보는
일이다
　　얼마 전에 나는 흔들의자를 하나 들여왔다
　　낮 동안에 사내는 그 흔들의자에 앉아 종일 창밖을 볼
것이다
　　나는 지금 외출 중이다
　　창밖으로 그가 좋아하는 비가 내리고 있다

내가 빠져나간 사내는 티브이 화면 속의 공을 쫓는 고
양이처럼
　모처럼 먼 눈길을 거두어
　창밖으로 떨어지는 허공의 빗방울을 쫓고 있을 것이다

# 여자, 여자친구

여자친구가 생겼다고 했더니 친구가 귀를 쫑긋 세운
다. 친구의 여자친구는 비어있는 내 옆자리를 마지막으
로 확인했다. 친구와 친구의 여자친구는 여자를 기다렸
던 것일까 여자친구를 기다렸던 것일까. 그래 여자든 여
자친구든 모두 기다렸구나. 숲 속의 나무들도 떠도는 개
들도 나와 눈을 맞추었던 고양이들도 모두 기다렸구나.
저들의 귓가에 맴돌 여자 여자친구. 여자친구는 머잖아
기다린 만큼 실망을 안겨주겠지. 그러니 여자를 숨기자.
더는 못 참겠다고 아우성칠 때 여자친구를 공개하자. 여
자를 데뷔시켰을 때의 저들의 표정을 읽는다. 여자친구
는 현명해서 자신의 자리를 금세 발견하고 자리를 잡겠
지. 여자친구는 우리의 상처를 발견하고 상처를 봉합하
고. 세 개의 술잔에서 네 개의 술잔으로 네 명이서 비로
소 가득하겠지. 자전거들이 눕거나 기대거나 서 있는 고
갯마루에서 사람들이 네 개 다리의 의자에 꼿꼿이 앉아
술을 마시는 일요일 정오. 햇살 가득한 우리는. 새로 발
기한 우리는. 실망하기 전까지 우리는.

# 중독

장어국이 하도 맛있어
밥 먹다 말고 그쪽으로 장어국이 잘 되었다고 문자를
넣었죠
그쪽이 답하기도 전에
얼마 전에 그쪽이 담가준 갓김치가 눈에 들어왔어요
오뎅볶음도 눈에 들어왔지요
세상에 맛없는 음식은 없다고 생각하는 나는
그래 그래 다 맛있어 니들도 다 맛있어 하고 중얼거렸
지요
내일 싸줄 반찬을 준비하고 있었을 그쪽은
내 말에 힘이 났을 거예요
그쪽보다 조금 짜게 먹는 나를 위해
짜게 먹으면 안 된다면서도
한 번쯤 조금 짜게 먹는다고 어떻겠어 하면서
반찬에 소금을 조금 더 쳤겠죠
사실 나는 그쪽과 싸운 뒤
떠나버릴까 생각도 해보았지만
늘 포기하고 말았지요
그쪽은 음식으로 나를 감동시켰어요

내가 원체 음식을 가리지 않고 잘 먹기도 하지만
식탁에 앉으면 그쪽을 떠날 수도 있다는 생각은
와르르 무너지고 말아요
오늘은 장어국도 맛있었지만
그쪽 친구가 고향집에서 뜯어왔다며 나누어주었다는
시금치가 백미였어요
남해의 해풍을 맞고 자란 키 작은 시금치를
지난밤에 함께 다듬었지요
씹으면 씹을수록 고소해서 오래오래 씹었어요
그쪽은 스스로 음식 솜씨가 없다 했지요
알아요 그쪽이 음식 솜씨가 특별나다고는 생각하지 않
아요
아무 음식이나 가리지 않고 잘 먹는 나지만
그 정도는 알지요
그래도 나는 늘 음식이 맛있고
그 음식을 그쪽이 해줬고
그래서 오늘 저녁도
늘 그렇듯이 혼자 먹는 밥이었지만 행복했습니다
항상 빠지지 않는 밑반찬 멸치볶음도 물론 맛있었고요
아시죠?

# 3 부

화장실이 어딘지 물으셨나요

# 빨간버스

빨간버스 한 대
헐떡이며 고개를 넘고 있었지
승객을 태운 빨간버스는 고개 중간에서 갑자기 멈춰
서고 말았지
사람들은 모두 버스에서 내렸다네
날이 저물고 있었지만
아무도 불평하지 않았네
운명이란 게 있다는 걸 모두 믿고 있다는 듯
빨간버스의 운명;
날이 저물자 눈이 내렸네
고개 너머 먼 들판이 지워지고 있었지
빨간버스는 어둠 속에서 커다란 눈만 형형했네
사람들은 기다리다
지쳤다는 듯 하나둘 어둠 속으로 사라졌지
오늘 아침 나는 소포를 하나 받았다네
겉봉에 '빨간버스의 운명'이라고 쓰여 있었지
나는 지금 빨간버스가 멈춰 섰던 그때 그 고개를 향해
가고 있네
아직 소포는 뜯지 않았지만

그때 몰랐던 빨간버스의 운명을 조금 알 것도 같네
고개에 도착하자
날이 저물어 있었지
그날처럼 눈이 내리고 있었네
그날처럼 고개 너머 들판이 아득히 지워져 있었지
아니나 다를까 고개 중간에 낯익은 빨간버스가 한 대
기다리고 있었다는 듯 서 있었네
빨간버스는 여전히 눈만 형형하게 빛나고 있었지
그때 어둠 속으로 사라졌던 사람들이
빨간버스로 하나둘 모여들고 있었지
다들 뜯어보지도 않은 소포 꾸러미를 하나씩 손에 들
고 있었지
아무도 말이 없었네
눈이 밤새 내렸지
우리는 오래전에 진 빚을 갚듯
한 사람도 떠나지 않고 빨간버스 주위에 모여 밤을 지새
웠지
어둠이 걷히자 빨간버스가 거짓말처럼 흔적도 없이 사
라지고 없었네

사람들도 그제야 한 사람씩 떠나기 시작했네
그들의 발자국이 길게 그들을 따라갔지
나는 떠날 수가 없었다네
나는 고개 중간에 혼자서 깃발처럼 서 있었다네
주인 없는 소포 하나가 막 반송되어 돌아오고 있었지

# 역사는 허물지 말았어야 했다


기차가 들어오는데도 역사가 없다
기차가 나가는데도 역사가 없다
이별하고 싶어도 역사가 없다
귀향하고 싶어도 역사가 없다

그때 기차는 여덟 시에 떠났다

그래서
경화,
봄날 벚꽃터널의 경화역을 다시 찾은
한때 누군가의 역사였던 경화

늙은 혁명가처럼
플랫폼으로 기차가 들어오자
기찻길로 뛰어드는
꽃잎
경화

# 오리

획 하고 돌멩이가 허공으로 날아올랐다
돌멩이는 얼마 못 가 포물선을 그리며 떨어졌다
포물선의 궤도는 방금 전 그가 머릿속에서 그린 것이
었다
그가 허리를 구부리는 순간
나는 돌멩이의 표적을 이미 짐작했다
곧 오리 가족이 일제히 날아올랐다
오리가 앉았던 물의 수면이 출렁였다
그가 돌멩이를 던지지 않았다면
장관이었을 뻔 했다
스스로 계획하고 날아오를 때 오리떼의 모습은 장관이다
한 마리 두 마리
십여 마리
오리들을 배웅했던
물의 살점들이 떨어져 내렸다
오리가 날아가고 물의 상처는 아물었다
한 마리가
돌멩이에 맞을 각오를 했다면
오리 가족은 날아오르지 않아도 되었을까

한 마리가 누가 될지 몰랐으므로
오리가족은 날아올랐다
그는 오리를 맞히겠다는 것보다
오리가 날아오르는 것을 보고 싶었다
오리를 맞히는 행운을 기대하지 않은 것은 아니었다
돌멩이 하나가 날아와 떨어지고
오리가족은 모두 공중으로 피난했다
비었던 공중이 오리가족을 껴안았다

# 못 다 꾼 꿈

아침이었어요
우리는 주방에 있었죠
그쪽은 싱크대 앞에 서 있었고
나는 식탁에 앉아 있었고요
그쪽이 음식을 준비하는 동안
나는 숟가락과 젓가락을 놓으면서
간밤의 꿈에 대해 이야기했어요
꿈속에서 아름다운 여인을 만났다고
한 번도 만난 적은 없지만 아는 얼굴이었다고
왜 내 꿈에 나타났는지 모르겠다고
그쪽은 재미있다는 듯
간간히 내 말에 귀 기울이는 듯했어요
나는 더 신이나
황홀했다고
중요한 순간에 꿈을 깨 아쉬웠다고 말했죠
잘 생각은 나지 않지만
그쪽은 그때 잠깐 손을 멈추고 뒤돌아보며
무슨 말인가 했을 거예요
준비한 음식을 내 앞에 놓으며 식탁에 앉던

그쪽 얼굴이 생각나는군요

웃고 있었어요

웃고만 있지는 않고

내 말을 받아 자신의 말을 덧붙였어요

못 다 꾼 꿈에 대한 서운함 때문이었을까요

그쪽의 미소 때문이었을까요

아니면 그제야 꿈에서 깨었던 것일까요

나는 불쑥 그쪽이 훨씬 더 아름답노라고 말하고 말았
지요

그쪽은 이번에는 말없이 빙그레 웃었어요

어서 밥이나 드시라고 했죠

늦겠다면서

그날 아침 식탁은

간밤의 못 다 꾼 내 꿈이

설익은 밥처럼 올라온 날이었지요

## 화장지를 말아 쥔 여자

화장실이 어딘지 물으셨나요
잘 들으셔야 합니다;
밖으로 나가 담을 밖으로 끼고 가다 보면 건물 뒤쪽에
있습니다
그런데 방금 우체국을 물으셨나요
외국에서 오셨군요
은행은 여기서 스트레이트로 쭉 가서
두 번째 신호등 앞에서
왼쪽으로 턴하면 바로 보입니다.
그런데 무슨 용무시죠
내일은 우체국에 갈 일이 있어요
어제는 은행에 가지 않으면 안 되었죠
그쪽 나라는 용변을 본 뒤
휴지를 변기에 버리겠죠
아무리 교육을 시켜도 안돼요
청소하는 아줌마들이 불평하는 소리를 우연히 들었습
니다
은행에 갔는데 참 깨끗했어요
여름에는 시원해요

아내는 사흘이 지나야 화장실에 갔는데
그때마다 변기가 막혔지요
아내는 부끄러워했지만 나는 그립습니다
살다보면 막힐 때가 있잖아요
살아있어야 뚫을 것 아닙니까
아내 때문에 뚫어전문이 다 되었습니다
지금은 실업자지만요

# 다리들

다리들이 걸어가고 있다
다리는 몸의 받침대
몸의 받침대가 몸을 싣고 옮겨가고 있다
다리가 몸을 옮겨가고 있는데
몸은 다리에 아랑곳하고 않고 엉뚱한 짓을 하고 있다
몸은 다리를 노예로 생각하는 양
다리의 노고에 무관심하다
다리는 몸의 무관심에 익숙하다
신호에 따라
다리들이 일제히 건널목을 건너고 있다
다리 중에는 방금 버스에서 내린 다리가 있는가 하면
집에서 나와 계속 걸어가는 다리가 있다
저쪽에서 이쪽으로 오는 다리가 있는가 하면
이쪽에서 저쪽으로 가는 다리가 있다
다리가 건널목에서 서로 교차한다
몸을 떠받치고도 힘이 남는 다리가 있는가 하면
몸을 떠받치기에 힘이 모자라는 다리가 있다
힘이 남는 다리와 힘이 모자라는 다리가
건널목에서 서로 교차한다

건널목에는

강안江岸에서 사공을 부르는 사람처럼

차안에서 피안을 향한 흔드는 보이지 않는 손짓이 있다

강안에서 강물이 불어나고 있다고 외치는 소리가 있다

바다를 가른 모세가 이집트군에게 쫓기는

히브리 민족을 위해 카운트다운하고 있다

몸을 떠받치고 있는 다리들이 서두르고 있다

다리가 다급하게 움직이자

몸은 사태를 파악하느라 사방을 둘러보았다

몸은 처음으로 다리와 자신을 일치시키려고 애썼다

건널목을 건넌 다리와 몸이 걸어가고 있다

다리와 몸은 언제 그랬냐는 듯 다시 서로에게 무관심
하다

자꾸 엉뚱한 생각을 하는 몸을

다리는 묵묵히 옮겨가고 있다

몸의 목적지가 어딘지 다리는 관심이 없다

다리에 실려 가던 몸이 어느 건물 앞에 멈추어 섰다

이어 건물의 검은 입구가 몸과 다리를 통째로 삼켰다

# 집으로 가는 길

집에는 아무도 없다는
사실을 한시도 잊은 적이 없지만
집에는 아무도 없다는 사실을 간혹 부정하는데
집에는 집이 있다
집으로 가는 길은
집을 찾아가는 길
술에 취해 인사불성이 되어도
나는 용케도 집을 찾았다
내가 장하고
집이 고마웠다

집에는 온종일 냉장고가 울고 있다
나오면서 문이 닫혔는지 확인했다
보일러는 껐나 가스는 잠갔던가 거실 전등은 껐던가
오 내 손길이 필요한 내 가족들

나를 기다리는 집
내가 어디 있든 나를 부르는 집
나를 인도하는 집

나는 지금 집으로 가고 있다
길은 나를 인도하고
개와 고양이는 길을 비킨다

나는 부메랑처럼
동네를 한 바퀴 돌아
가족들이 기다리고 있는
집으로 간다

# 창

골목길을 지나가는 네가 보인다
너는 순례길에서 돌아와
중세의 골목길을 걷는 여행자처럼
나를 올려다본다
나는 제라늄꽃을 창가에 내어다 놓는
중세의 여인처럼 네게 손을 흔든다
아일랜드 남자와 결혼을 앞둔 동족의 처녀는
소파에 앉아 우쿨렐레를 치며
결혼식 날이 다가오는데 연습이 부족하다며 투덜댄다
그녀의 투덜대는 소리를 뒤로 하고
나는 창밖을 내려다본다
건넛집 사내와 눈이 마주친다
사내의 집은 북향이다
북향의 화단에 꽃을 가꾸는 사내는
더는 늙고 싶어 하지 않다고 말했다
중세의 골목을 걷는 너는
사내가 가꾼 화단의 꽃은 아랑곳하지 않는다
골목 끝에서 남향의 햇살은 끝나고
푸른 하늘이 시작된다

북향 너머로 날아가는 새
또는 구름
아래로 멀리 펼쳐지는 산맥
골목 끝은 낭떠러지로 이어진다
나는 창문을 닫는다
예식이 끝나고 신부가 피로연에서 우쿨렐레를 연주하
고 있다
아일랜드 청년 신랑은 아침에 깎은 턱수염이
벌써 자라 있다

# 해바라기

나는 왜 밥을 백 번 씹지 못할까
밥 대신 사과를 한 입 베어 물고
천천히 씹는다
살인자는 옥수수밭으로 도망갔다
사과가 으깨진다
입 밖으로 달콤한
신음소리가 흘러나온다
신음소리는 백번을 씹는 그의 입에서
흘러나온다
여름이 가기 전에
영화 해바라기를 본다
젊은 날의 소피아로렌을 보고 싶었다
왜 나는 사과를 백 번 씹지 못할까
해바라기꽃이 핀 들판 위로
까마귀가 나는 날
노란 하늘 위로
총알 한 방이 날아갔다
나는 쟁반은 왜 들고 왔던가
칼을 손에 쥘 때마다

나는 나를 살해하고 싶다
총소리에 놀라 사과 한 알이
땅에 떨어진다
총알은 태양에 가 박힌다
왼쪽 귀가 먹먹하다
왼쪽 귀는 장차 들을 수 없을 것이다
왜 나는 백 번을 씹을 수 없을까
옥수수밭 속으로
떨어진 사과 한 알을 찾는
별이 빛나는 밤

# 네가 간 뒤 너를 맛본다

너는 삶은 콩나물에 참기름을 붓고
병뚜껑을 닫기 전에 꼭
혓바닥으로 병 입을 핥았다
네가 가고
네가 핥았던 참기름병의 입을 핥으며
너를 맛본다
너는 토마토케첩을 뿌리고
케첩병 입에 남은 케첩을 꼭 입으로 한번
핥고 병마개를 닫았다
네가 핥았던 케첩병 입을 핥고
너를 맛본다
지금 고백하는데
너는 내가 맛본 맛 중에 최고였다
부엌에서 간장이 있는 곳
칼을 찾는 일이
숨은그림찾기 같았지만
새삼 맛보는 너의 맛으로
나는 너의 부엌을 장악하는 데 성공했다
맛이 기억을 무시하지 못한다면

차가운 금속의 맛이라 해도
혀끝을 갖다 대면
네 별을 알 수 있다

# 사랑해 말고 미안해

내가 당신을 다시 안을 수 있어서
당신의 간지러운 귀에 대고 사랑해 말고
미안해라고 말하면
당신은 이미 내 뒤통수 너머
허공에 돛배를 띄우고 있겠지
돛배는 내 입에서 새어 나온 역풍에도
허공으로 잘도 나아가고
어쩔 수 없이
나는 먼눈으로 돛배에 탄
당신과 이별하고

내가 당신을 다시 안을 수 있어서
여윈 등을 토닥토닥 두드리며
당신의 간지러운 귓전에 대고
고양이 발바닥보다도 부드럽게
사랑해 말고 미안해라고 말하면
해변에 부서지는 파도소리

그때 당신은 허공에 작은 돛배 한 척 띄우고

나와 이별하고
나는 소라에 귀 대고
당신의 별과 교신하겠지

내가 당신을 다시 안을 수 있다면

사랑해 말고
미안해

# 산불조심

아버지 빨간옷 입고
해바라기처럼 햇볕을 쫓아간다
아버지 시계방향으로 도신다
두 시와 네 시 사이 졸음이 찾아온다
선잠 속에서 산불이 일어난다
산불은 온 산으로 번져간다
아버지 물을 찾으신다
물, 물
아들아 산불이야
산불이야
아버지 아랫도리를 벗은 채 이리저리 뛰어다니신다
아버지 아랫도리는 어디다 벗어두셨어요.
애야 내가 아랫도리를 어디다 두더냐

너희들을 낳고 꿈을 꾸었단다
내가 아랫도리를 벗고 있더구나
사람들이 모두 나를 쳐다보았지
나는 어디로 숨어야 할지 몰라 쩔쩔매고 있었어

내가 왜 빨간옷을 입고 있니
불이야
산불이야
사내인 너를 낳고 부끄러웠단다

저녁놀이 탄다
산불조심 아버지
빨간옷이 탄다

노을에 불타는 바닷물
애야 부끄럽구나
사내로 태어나서 부끄럽구나
집으로 돌아가 마지막 술잔을 들이켜야겠다
너희들에게 미안하구나
부끄러운 날들도 이제 다 되었구나

# 너에게 던진 돌

    할아버지가 들판에서 돌을 줍고 있다 돌을 바구니에 담아 한곳으로 모으고 있다 모인 돌이 쌓여간다 어제 모은 돌은 안 보인다 내일이면 오늘 모은 돌이 사라진다 자전거가 한 대 서 있다 할아버지가 타고 온 자전거다 할아버지가 돌을 모으는 동안 할아버지 곁을 지키고 있다 비가 오나 눈이 오나 할아버지 곁을 떠나지 않는다 먼 들판 돌 줍는 할아버지와 자전거 한 대 돌은 쌓이는데 들판에 널린 돌은 줄지 않는다 돌무더기는 두 무더기 이상 쌓이지 않는다 비가 내린다 홍수가 일어난다 땅이 파여 땅속의 돌들이 드러난다 쌓은 돌들이 무너져 내린다 비가 그친다 할아버지가 들판에서 돌을 줍고 있다 모은 돌은 돌탑이 되고 성벽이 되고 담장이 된다 내일이면 돌탑이 사라지고 성벽이 사라지고 담장이 사라진다 내일이면 할아버지가 사라지고 자전거가 사라진다 할아버지가 들판에서 돌을 줍고 있다 들판에 자전거 한 대 서 있다 먼 들판 돌 줍는 할아버지와 자전거 한 대

# 기차는 여덟 시에 떠나네

그는 달려오는 기차에 뛰어들어 죽었다
그것은 태어나면서 계획되어 있는 일이었다
그때 기차 안에는 한 소녀가 앉아 창밖을 내다보고 있
었다
기차 밖으로는 눈이 내리고 있었다
모두 계획된 일이었다
그때 소녀가 창밖을 내다보고 있었다는 것을
내가 죽은 후에 알았다
나는 죽어 있었다
멀리서 노랫소리가 다가오고 있었다
죽어 노랫소리를 듣고 싶었다
오랜 꿈이었다
태어나면서부터
기차를 타고 떠나고 싶었다
여덟 시쯤에

# 4 부

어제를 소환하다

# 귀가

어제는 보름 만에 집에 들어왔다 당연한 일이지만 집
에는 아무도 없었다 나가면서 벗어놓고 간 또 다른 나도
없었다 창으로 들어온 햇살이 거실 중간까지 카펫을 깔
아놓고 있었다 나는 햇살카펫에 앉아 또 다른 나를 기다
렸다 짧은 겨울 해가 떨어지고 있었다 나는 냉장고를 뒤
져 저녁을 해먹었다 또 다른 나는 돌아오지 않았다 라디
오를 켰다 기타 목을 잡았다 놓았다 돌아오지 않았다 단
단히 화가 난 모양이었다 나는 또 다른 나를 찾아 나섰
다 안방문을 열어보았다 없었다 침대 이불을 들쳐봤다
없었다 화장실을 들여다보았다 작은방에도 없었다 보일
러실을 들여다보았다 세탁기 안을 들여다보았다 없었다
나는 마지막으로 냉장고를 다시 열어보았다 있었다 냉
동고 속에 꽁꽁 얼어붙어 있었다 반가운 마음에 안아주
고 싶었지만 차가워 안을 수가 없었다 나는 또 다른 나
를 전자레인지에 넣고 녹였다 또 다른 내가 물로 녹아내
렸다 나는 수건으로 또 다른 나를 닦았다 또 다른 나는
수건 속으로 스며들었다 물수건이 되었다 나는 수건을
짰다 또 다른 내가 흘러내렸다 흘러내린 또 다른 나는
싱크대 배수구 속으로 들어가버렸다 나는 또 다른 나를

포기할 수밖에 없었다 또 다른 나를 놓친 나는 할 일이 없었다 나는 일찍 잠자리에 들기로 했다 침대의 이불 속으로 들어갔다 몸이 따뜻해지기 시작했다 몸이 따뜻해지자 발밑에서 이불 속으로 뭔가가 들어오는 것이 느껴졌다 또 다른 나였다 나는 또 다른 나를 끌어안았다 나는 미안하다고 말했다 또 다른 나는 괜찮다고 했다 또 다른 나와 나는 내일 아침이면 이별해야 하는 연인처럼 이불 속에서 오랫동안 깊이 안았다

# 노을 속으로 돌아간 노인

노인은 오래된 미래를 향해 자전거 페달을 밟았다
오래된 미래는 노인만 갈 수 있었다
오래된 미래는 자전거를 타고만 갔다
노인은 서두르고 있었다
서쪽 강가에 도착한 노인은 오래된 미래의 문을 열어
젖혔다
나는 노인을 따라 자전거를 타고
서쪽 강이 내려다보이는 언덕까지 갔다
노을이 앞을 막아섰다
노을이 불타고 있었다
노인은 거침없이 페달을 밟고
노을 속으로 돌아갔다
나는 언덕 위에서 오랫동안 오래된 미래를 바라보았다
노인의 마을에서 오래된 우물 하나가
무너져내렸다

# 도시의 사원

어제는 건널목에 서 있었다 사람들이 열댓 명 서서 길 건너편의 신호등을 지켜보고 있었다 나는 뒤쪽에 서 있었다 내 왼쪽에는 칠십 대 남자가 서 있었다 앞쪽에는 사십 대 여자가 서 있었다 오른쪽에는 십 대 여고생이 서 있었다 신호가 바뀌어 사람들이 일제히 건널목을 건너기 시작했다 그때 내 왼쪽의 남자가 아스팔트 위로 오른발을 내디디면서 힘주어 방귀를 꿨다 방귀를 한 대가 아니고 서너 대 연속으로 뀌었다 내 앞쪽의 여자는 뒤돌아볼 만도 한데 뒤돌아보지 않았다 내 오른쪽의 여고생은 달아날 만도 한데 달아나지 않았다 나는 앞쪽의 여자와 옆쪽의 여고생이 내가 방귀를 뀌었다고 생각하지나 않았을까 싶어 전전긍긍했다

# 철길을 거닐다

묘지에서 줄넘기를 하듯
철길에서 우리는 자전거를 타고 있었다
죽은 자들의 관을 싣고 기차가 달려왔다
우리는 우리의 궤도를 갔다
기차는 바다를 향해 달렸다
바다묘지에서는 묘지인부들이 죽은 자들의
관이 도착하기를 기다리고 있었다
우리는 기차보다 먼저 바다에 도착해
방파제에서 자전거에서 내려 줄넘기를 했다
한 여인이 수평선을 향해 서 있었다
횟집에서 생선회를 먹은 사람들이
종이컵커피를 들고 한꺼번에 쏟아져 나왔다
어둠이 여인을 겁탈하고 있었다
묘지인부들은 기차에서 관을 내려
바다묘지에 수장했다
죽은 자의 관을 하역한 기차는
바다역에서 묵었다
우리는 자전거를 끌고
바다역의 철길을 밤새 거닐었다

# 문

어제는 어떤 여자가 문을 열고 들어오면서 아는 체를
했다 나를 모르겠느냐는 표정이었다 나는 의자에 앉아
있다 엉거주춤 일어서며 짐짓 아는 체를 했다 아는 체는
했지만 어디서 봤는지 잘 생각이 나지 않았다 여자는 내
가 아는 체를 하자 찾아온 용무를 이야기했다 나는 여자
가 문을 밀고 들어오기 전 자신의 필요한 일에 나를 떠
올렸을 것을 생각하니 고맙고 미안했다 나는 여자가 해
달라는 일을 했다 그사이 여자를 계속 생각했다 계속 생
각했더니 생각이 났다 나는 여자가 부탁한 일을 마치기
전에 간신히 여자의 기억 속으로 문을 열고 들어갈 수
있었다 문을 열고 들어가자 여자가 거기서 나를 기다리
고 있었다 자신의 기억 속으로 들어온 나를 여자는 환한
미소로 반겨주었다 더는 아는 체할 필요가 없었다 나는
여자가 용무를 마치고 나갈 때 여자를 뒤따라가 여자를
위해 문을 살짝 열어주었다

# 문학이야기

어제는 낮에 아는 사람이 찾아와 찻집에 가서 차를 마셨다 차를 시켜 마시고 있는데 어쩌다 옆자리에서 차를 마시고 있던 두 사람의 대화를 엿듣게 되었다 두 사람의 대화 내용은 문학에 관한 것이었다 그래서 내 귀가 그쪽으로 쏠린 모양이었다 나는 아는 사람과의 대화보다는 두 사람의 대화 내용에 더 흥미를 느꼈다 나는 두 사람의 대화를 엿들었다 두 사람은 내가 엿듣고 있는지도 모르고 자신들의 이야기에 몰두하고 있었다 나는 두 사람이 혹시 내가 아는 사람이 아닐까 하고 고개를 돌려 얼굴을 보고 싶었지만 막상 등 뒤에서 문학이야기가 들리자 목이 굳어버린 듯 잘 돌아가지 않았다 아는 사람도 문학을 하는 사람인데 마주 보이는 두 사람에게 관심을 가지지 않는 걸 보면 나도 모르는 사람인 것 같았다 나는 아 우리 말고도 문학이야기를 하는 사람이 있구나 하는 생각이 들었다 나는 내심 아는 사람이 아무것도 모르고 불쑥 문학이야기를 하지 않을까 걱정이 되었다 우리가 문학이야기를 하면 두 사람은 자신들의 문학이야기는 멈추고 우리들의 문학이야기에 귀를 기울일 게 분명했다 나는 두 사람에게 자리를 비켜주어야겠다고 생각했

다 계속 두 사람의 문학이야기를 엿듣고 있을 수만도 없
었다 나도 두 사람처럼 아는 사람과 문학이야기를 하고
싶었다 나는 아는 사람에게 술이 마시고 싶다며 술집으
로 가자고 제안했다 아는 사람은 내 제안에 단박에 좋다
고 했다 나는 자리에서 일어서면서 곁눈으로 두 사람을
슬쩍 훔쳐보았다 예상했던 대로 전혀 모르는 사람들이었
다 찻집을 나와 술집으로 갔다 술집에서 다시 마주앉았
지만 우리는 문학이야기를 한마디도 할 수 없었다 우리
의 문학이야기는 자꾸 문단이야기로 미끄러졌다

# 설날

바닷가에서 아이들이 연을 날리고 있었다
추위는 어제 일이고
바람은 순했다
아이의 아버지들이 아이들을 도와주고 있었다
연을 띄우다 싫증이 난 아이들은 자전거를 타러 갔다
자전거를 타러 간 아이들의
아버지는 편의점 안으로 사라졌다
젖먹이를 태운 유모차 옆으로
군인인지 선원인지 알 수는 없는
백안의 러시아인들이 지나갔다
모두 반팔티셔츠차림이었다
젊은 엄마가 그들을 쳐다보았다
러시아인들이 사라진 쪽에서
또 다른 러시아인이 한사람 걸어왔다
아까 러시아인들과 달리
두꺼운 가죽잠바를 입고 있었다
그는 음료수를 한 병 놓고 편의점 벤치에 한참 동안 앉
아있었다
바다는 해안에서 한참 밀려나 있었다

모래톱에 얹혀 있는 고깃배들 위로
갈매기들이 연처럼 높이 날았다

# 어제를 소환하다

어제는
아재가 갔다

아재는 어제의 바깥

그때
갔다는
왔다의 미래였다

도대체 아재는 누구지?

아재는 모든 소년의 미래

나는 한때 소년이었다

어제를 거쳐 아재를 지나왔으므로
나는 지금 바깥이다

어제의 첫날

왔다에서 갔다를 향해 기차가 출발했다

오늘을 달리는
기차의 맨 끝 칸에서
어제 속으로 뒷걸음질 치며 달려오는 풍경에게
악수를 청했지만
손이 닿지 않았다

아재는 늘 한 발씩 늦었다

# 여행의 끝에는 저녁이 있다

　어제는 여자친구 고향에 갔다 여자친구 고향은 네 시간을 달려가야 했다 네 시간을 달린 뒤 반 시간 더 갔다 가족모임이 있었다 우리는 여행 삼아 하루 일찍 가서 조개구이집에서 조개를 구워 먹고 펜션에서 잤다 이 년 전 처음 갔을 때보다 조개구이가 맛이 없었다 오늘 오전 여자친구 가족을 만났다 시내 식당이었다 여자친구 가족 중 어머니와 언니 남동생을 제외하고 처음 보았다 모두 호기심 어린 눈으로 나를 쳐다보았다 여자친구 가족을 만나기 위해 펜션을 나오기 전에 나는 혼자 자전거를 타고 펜션 주위를 돌아보았다 펜션에서 오십 미터만 나가면 바다였다 겨울바다는 인적이 없었다 썰물이었다 갯벌이 드러나 있었다 가족을 만나러 가는 길에 강을 보았다 하류였다 나중에 자전거로 달려야지 생각했다 가족과 만나 점심만 먹고 헤어졌다 우리는 아까 생각했던 대로 강으로 갔다 강둑에서 자전거를 탔다 오르막길도 내리막길도 없는 강둑을 달리면서 이사를 오고 싶다 생각했다 그냥 한번 해 본 생각이었다 자전거를 타다 친구 생각이 났다 친구는 얼마 전에 여자친구와 헤어졌다 친구는 여자친구의 가족과는 아무런 관계가 아닌 사이가

되었다 반면 나는 여자친구가 생겼다 나는 여자친구의
여자친구 가족과 관계를 맺게 되었다 친구에게 미안했
다 우리는 앞으로 다시 네 시간을 달려야 했다 자전거를
타면서 나중에 올 졸음을 쫓았다 내 자전거만 싣고 갔기
때문에 나는 혼자서 자전거를 탔다 내가 자전거를 타는
동안 여자친구는 차 안에 있었다 갔다 올 동안 산책이라
도 하라고 했더니 추워서 싫다고 했다 여자친구 자전거
도 가져가려고 했지만 짐이 많아 내 자전거만 가져갔다
사실은 여자친구는 나만큼 자전거를 좋아하지 않아 자
전거를 가져가지 않았다 여자친구에게 조금 미안했다
여자친구는 다음에는 꼭 자신의 자전거도 싣고 오자고
했다 나는 그러겠다고 했다 출발해 세 시간쯤 되었을 때
날이 어두워지기 시작했다 겨울이라 해가 빨리 떨어졌
다 어두워지기 시작하자 배가 고팠다 점심때 뷔페를 먹
었는데 별로 맛이 없어 많이 안 먹었던 게 후회가 되었
다 집에 도착하자 완전한 밤이었다 우리는 늦은 저녁을
만들어 맛있게 먹었다 저녁을 먹으면서 여자친구는 나
에게 고맙다고 했다

# 봄날의 라디오

술만 남았다
친구는 멀리 갔다
여자는 멀리 보냈다

라디오 볼륨을 올려 걷고 있는 나를 욕하지 마라
꽃이 핀다 한들 나의 꽃이 아니다
꽃이 진다 한들 내 알 바 아니다

걷기 좋은 날이다

노래만 남았다
중국산 라디오는 가성비가 좋다

천천히 걷겠다
급할 것 없다
다 가도 술은 가지 않았다
다 나를 버려도 노래는 나를 버리지 않았다

나는 노래에 갇히고 말았다

나의 세계는 내가 아는 노래의 세계를 벗어나지 못한다
노래가 나를 데리고 걷는다

욕해도 할 수 없다
내 방식으로 봄날을 즐길 뿐이다

술과 노래만 남았다
술과 노래만으로도 충분하다

# 위대한 노인

어제는 한 노인이 길을 걸어가는 것을 보았다 인도는 파란색과 빨간색으로 구분되어 있었다 빨간색으로 구분된 곳은 자전거를 위한 공간이고 파란색으로 구분된 공간은 보행자를 위한 공간이었다 노인은 파란색 공간 위로 천천히 발을 옮겨놓고 있었다 노인은 자신보다 빠른 물체가 옆을 지나가면 멈칫멈칫 멈추어 섰다 나는 빨간색으로 구분된 길 위를 자전거를 타고 노인을 지나가야 했다 노인의 걸음은 너무 느렸다 노인은 금방 넘어질 듯 걸었다 나는 최대한 자전거 속도를 늦추었다 자전거가 지나가면 자전거 부피만큼 밀려난 공기의 힘에도 넘어질 것 같았다 노인의 걸음보다 느린 것은 아무것도 없었다 발밑으로 지나가는 개미도 노인보다는 빠를 것 같았다 나는 막 술잔을 들이켜는 노인을 상상했다 노인이 식탁에서 들어 올린 술잔이 노인의 입술에 닿을 때까지의 속도를 사랑할 수 있을 것 같았다 노인의 손이 떨렸다 떨리는 손 때문에 술잔 속의 술이 찰랑거렸다 술잔이 형광등 불빛에 반짝했다 노인은 몇 방울의 술을 바닥으로 떨어뜨린 뒤 기어코 술잔 속의 술을 입속으로 던져 넣는 데 성공했다 몇 잔의 술이 노인의 입속으로 들어간 뒤 노인

의 손은 더는 떨리지 않았다 노인은 마지막으로 한 잔의
술을 더 입속으로 털어 넣고 미련 없이 자리에서 일어나
걸어갔다 나는 자전거의 속도를 높였다

# 자전거는 내 여자친구 미래다

여자가 자전거를 타고 가고 있다
나는 여자 뒤를 자전거를 타고 따라갔다

어머니는 우리 동네에서
처음으로 자전거를 탔다며 자랑하셨다
어머니는 처녀 때
일본에서 자전거를 배웠다고 했다

나는 자전거가 태어나지 못한 아들처럼 든든하다
여자는 자전거가 태어나지 않은 딸처럼 앙증맞다

그동안 내 안으로 수많은 자전거가 들어왔다
여자와 여자의 자전거도 내 안으로 들어왔다

어머니는 전쟁통에 자전거를 타셨다
전쟁통에 타시던 어머니의 자전거는
내가 태어나기 전
내 안으로 들어온 모양이었다

나는 여자의 뒤를 계속 따라갔다
여자와 여자의 딸과
나와 나의 아들이 도로를 달렸다
내 뒤로 전쟁의 기억이 따라오고 있었다

# 치과 가는 길

치과는 도심에 있었다
도심의 한가운데로 중앙도로가 지나가고
중앙도로를 따라 양쪽으로 빌딩들이 호위무사처럼 늘
어서 있었다
치과는 빌딩의 사 층에 있었다

빌딩들 뒤에는
넓은 공터가 있고 공터 중앙에 주차장이 있었다
주차장을 중심으로 서점과 미장원 패스트푸드점 식당
등이 모여 있었다
주차장 뒤로는 아파트단지가 있고 그 뒤로는 도시 시
민들의 휴식처인 호수가 있었다
호수 위로는 시립도서관이 있었다

아파트단지는 재건축 중이었다
재건축이 시작될 즈음에도 치과를 왔었다
재건축이 시작되면서 아파트단지 주위로는
높은 펜스를 둘러 안을 들여다볼 수 없게 했다

나는 새로 짓는 아파트를 보면
새로운 계획을 세워야 한다는 강박에 사로잡힌다
오며 가며 아파트가 느리게 키를 높이는 것을 보면서
내 마음의 키도 조금씩이나마 키워나가리라 다짐하는
것이다
그러다 어느 날 아파트의 키가 쑥 커버린 것을 발견하
고는 초조해 하고
그 이후로 아파트가 완공될 때까지 우울증을 앓았다
내 안에도 높은 아파트를 올리고 싶었으나
기초공사만 한 채 방치된 것을
새삼 확인하기 때문이다

치과를 나와 주차장으로 가면서 재건축 중인 아파트를
올려다보았다
옆으로 지나갈 때는 펜스 때문에 보이지 않아 몰랐는데
그 새 아파트가 높이 올라가 있었다
나는 내가 세웠던 계획을 떠올렸다
아파트가 올라가는 동안 나는 무엇을 했던가
이렇다 할 만한 게 없는데

아파트는 또 뚝딱 들어서고 있었다


일 년쯤 뒤면 나는 또 치과에 와야 할 것이고
이후로도 더 자주 와야 할 것이다
며칠 전 어떤 지인은 이빨이 모두 주저앉아
대대적으로 보수를 해야 한다며 허허 웃었다


새 아파트가 우후죽순처럼 들어서면서
내가 사는 아파트값이 자꾸 떨어지고 있다
계획만 세우는 일도 이제 그만 하고 싶은데
오늘도 아파트는 마천루처럼 하늘 높은 줄 모르고 올
라가고 있다
한칸 한칸 천천히 아무도 모르게 그렇지만
어느 날 내 앞에 우뚝 다가와
치과를 드나들 나이를 먹을 때까지
뭐했냐며 키 자랑을 하는 아파트

# 일당

  어제는 일당日當도 하지 못했다 저녁 시간이 지나가고
있었다 나를 닮은 사내가 앞에서 그림자처럼 걸어가고
있었다 나는 그에게 다가가 일당은 하셨습니까 가족은
몇인지요 하고 묻고 싶었다 오늘 하루 누군가는 일당백
一當百을 했을 것이다 최소한 저녁이 있는 삶이라면 일당
사一當四나 못해도 일당이一當二는 했을 것이다 사내도 내
뒤를 걷고 있었다면 나에게 다가와 일당은 하셨습니까
가족은 몇인지요 하고 물었을까 어제저녁이 아팠던 것
은 일당日當을 못 한 것 때문만은 아니었다 일당보다 일
당一當을 못 한 게 더 아팠다

# 또

또
밤
이
다
또
술
이
다